엄마
그리고
유년의 동진강

박기관 시집

박영story

시인의 말

_박기관

아르튀르 랭보가 말했던가, “상처 없는 영혼이 어디 있으랴”라고.

그래서 나의 詩들은 내 상처의 산물이다.
모두 내 짧은 인생 항로에서 부딪힌 ‘만남’과 ‘헤어짐’ 그리고 ‘그리움’이다. 오랫동안 아물지 않은 상처의 슬픔에 천착한 것들이라 때론 가슴 시리도록 아팠다. 어쩌면 꼭꼭 감춰두었던 내 내면의 거울이기도 하다. 그래서 세상에 드러낸다는 게 발가벗은 것처럼 부끄럽다.

누구나 유한한 삶 속에서 반복의 일상을 보낸다. 나 또한 이 굴레와 속박에서 벗어날 수 없었다. 시간의 흐름 속에 구태와 타성에 젖어가는 나를 보고 섬뜩하여 늘 작아져야만 했다. 언젠가는 이 진부하고 권태로운 일상에서 탈피하고 싶었다. 그것이 ‘나’를 찾아가는 길 위에서 만난 문학이었다.

이제 보이지 않았던 컴컴한 터널 속에서 한 줄기 탈출구를 찾은 것 같다. 어렴풋이 비추어 오는 빛이 광명光明은 아니지만 또 다른 세상을 맞이하는 희망의 빛일 것이다. 이제 한동안 침묵하고 외면해왔던 사연을 詩語로써 고백하고 싶다.

〈동진강〉은 내 유년의 고향에서 유유히 흐르고 있던

강이다. 이 강에서 나는 유년의 행복한 사계절을 보냈다. 하지만 사춘기를 지나, 이 강에서 시대의 슬픔에 전율할 수밖에 없었다. 말없이 흐르는 강에서 '격차'와 '불의'에 출렁이는 분노를 삭일 수밖에 없었다. 석양에 비친 붉은 강을 보면서, 질곡의 세월로 점철된 굴절된 역사와 아물지 않은 상흔을 타자가 아닌 자아에서 찾아야 함을 외치고 싶었다.

〈섬진강 황어〉는 소중한 친구의 죽음을 노래한 것이다. 갑작스럽게 찾아온 친구의 죽음은 멀게만 느껴졌던 죽음이 사실은 가까이에 있음을 자각시켜 주었다. 아름다움과 기쁨을 사랑하는 것은 누구나 할 수 있다. 하지만 사람의 아픔과 슬픔을 사랑하는 것은 아무나 할 수 없는 것이다. 나는 한때 친구의 아픔과 슬픔을 외면해 버렸다. 그래서 나는 친구에게 많은 빚을 지고 있다.

〈엄마〉는 이 세상에 태어나, 처음이자 마지막으로 인연과 사랑 그리고 그리움을 안겨준 여자이기에 한없이 불러보고 싶었다. 누구에게나 깊은 사랑으로 자리하고 있겠지만, 내 자신에게는 지금도 가슴 사무치도록 그리운 첫사랑의 여자다. 얼마나 사랑이 깊었으면, 한마디 말도 하지 않고 꾹꾹 가슴에 눌러 안은 채 홀연히 떠나버리셨을까. 따스한 볕이 깊게 스며드는 '그 봄날'에 다시 만날 수 있을 것이라는 막연한 기다림으로 살아가고 있다.

작가는 펜 가는 대로 따라가야 한다고 했던가. 아마 내 펜도 삶의 제 결을 따라 흔적을 남길 것이다. 유한한 삶의 시간에 기대어 시대와 자연과 사람을 만나 솔직하고 담백하게 교감하고 싶다. 침묵 속에서도 잔잔한 울림으로 남고 싶다.

긴 겨울을 지나온 봄, 나의 시어들을 세상 밖으로 끄집어낼 때라는 생각을 하였다. 첫 시집을 낸다는 사실이 무척 설레면서 두렵기도 하다. 하지만 중년의 굴곡진 삶을 유유히 흐르는 강물처럼 정화하는 기회로 삼고 싶다.

아직도 주소가 없어 부치지 못하고 있는 빛바랜 어머니의 편지 속에 이 시집을 동봉하고 싶다. 부족한 글을 감수해주신 청파 이복수 선생님께 감사드린다. 늘 변함없이 곁에서 응원하고 있는 영원한 동지 아내 경진과, 사랑하는 준석 그리고 세미와 함께 이 작은 기쁨을 나누고 싶다.

어느새 활짝 핀 제비꽃이 저 희고 부드러운 목련 꽃봉오리에 다가가 보랏빛 '희망'을 건네고 있다. 나의 소중한 사람들에게 사랑과 희망의 꽃이 활짝 피어나기를...

끝으로 늘 사랑과 기도를 아끼지 않는 가족, 동료, 학생 그리고 모든 지인 여러분께 진심으로 감사드린다.

2024년 3월

우산동 캠퍼스에서 青松

축하의 글

_〈고도원의 아침편지〉, 고도원 작가

계절은 솔직하다. 때를 따라 언제나 어김없다. 이곳 '깊은 산 속 옹달샘'에도 다시 봄이 찾아왔다. 언 땅속에서 새싹이 움트고, 노오란 산수유, 생강나무꽃, 개나리가 피어난다. 하얀 목련도 길게 목을 내밀고 활짝 웃고 있다. 조금 있으면 숲속의 나무들도 푸른 연둣빛 속살을 드러내며 형형색색의 겉옷들을 걸치고 나올 것이다.

2001년 6월1일 〈고도원의 아침편지〉를 시작한 지 어언 23년째다. 어찌 흘렀나 싶은 그 세월만큼이나 내 인생의 시간도 많이 지났다. 은둔하듯 둥지를 튼 이곳 충주에서 자연과 함께 그리고 사람과 함께 지내면서 계절의 변화와 자연의 섭리를 만끽하고 있다. 동시에 두 발을 딛고 있는 세상의 가파름, 무엇인가 무겁게 가슴을 짓누르는 답답함도 체감하고 있다. 하늘은 온통 먹구름이지만 그 너머에서 변함없이 빛나는 태양을 바라보며 꿈과 희망을 그린다. 그래서 이 깊은 산 속에서 매일매일 아침편지를 쓰는 것이 한편으로는 고통이지만 여전히 즐겁고 행복하다. 고통보다 보람이 크기 때문이다. 그 보람 속에는 뜻밖의 손님을 만나는 것도 포함된다.

새봄과 함께 불쑥 한 '사람'이 찾아왔다. 어느 시인은 사람이 온다는 것은 어마어마한 것이라고 노래했다. 그 사람의 인생이 함께 온다고도 했다. 그 '사람'은 시인이었다. 틀림없이 엄청난 통증의 산고 끝에 태어났을 첫 시집의 초고를 들고 와 나에게 축하의 글을 부탁했다. 나는 글쟁이다. 평생에 걸쳐 독서와 글 쓰는 작업에 몰두했다. 그러나 남의 시를 평하는 글은 써본 적이 없다. 하지만 '축하의 글'이라면 못 쓸 하등의 이유가 없다고 생각했다. 한 시인이 자신의 삶을 바수듯 녹여 한 편의 첫 시집을 낸다는 것은 실로 어마어마한 일이기 때문이다.

시는 누구나 쓸 수 있다. 그러나 누구나 시인이 될 수는 없다. 놓고 간 시집을 들고 서재에 들어가 펼쳐 보았다. 빨려들듯 읽었다. 읽고 난 후 고개를 들고 창밖에 빛나는 북극의 별을 보았다. 투영된 별빛을 따라 나는 어느새 그의 고향에 가 있었고, 또 그가 그토록 그리워하는 어머니를 통해 나의 어머니도 만나게 되었다. 그리고 그의 투명한 시의 행간에서조차 시인의 사적인 심상과 기억과 추억을 만났다. 그 모든 풍경의 조각들이 한 폭의 그림처럼 다가왔다.

엄밀히 말하면 그의 글은 '아름다운' 시어들로 가득 차 있지 않다. 잘 다듬어지고 꾸며진 세련된 시어들도 아니다. 하지만 따뜻하고 편안하다. 우리의 일상적 삶에서 경험하고 사랑하고 이별하면서 느낀 상처의 파편을 스스로 도닥거리는 언어로 채워져 있다.

그의 첫 시집은 화려한 언어의 성찬으로 가득한 작품이 아니라 자신의 이야기를 진솔하게, 오랫동안 깊이 묻어두었던 내면의 세계를 스스로 적나라하게 드러내기 위한 몸부림이다. 그 몸부림 속에서 존재에 대한 근원적인 물음을 던지기도 하고, 무한한 긍정성과 포용성으로 삶을 바라보기도 하며, 순박한 지각과 감성으로 갖가지 아름답고도 애절한 생의 꽃을 피워내고 있다.

무엇이 그로 하여금 이토록 자연과 인간을 가슴 뜨겁게 노래하도록 부추기고 있는 것일까. 단지 한 개인에게만 머물러 있는 그리움이 아닌 우리 모두에게도 있다가 사라져가는 소중한 것들에 대한 안타까움과 회한이 시인의 심상을 뒤흔든 것은 아닐까. 생명성의 근원적 회복을 바라는 시인의 마음이 그의 시 속에 녹아들고 있다 여겨진다.

이 시집을 읽으면서 작가의 사상과 경험을 만나고 시어 속에 투영된 세계를 공감했으면 좋겠다. 더 바람이 있다면 작가의 시를 통해 새로운 삶의 즐거움을 느낄 수 있었으면 좋겠다. 자신과 타인에 대한 동정과 이해의 폭과 깊이가 더해졌으면 좋겠다. 지치고 힘든 오늘과 내일의 일상에 더없이 따사로운 토닥임의 자극을 느꼈으면 좋겠다. 설렘과 더불어 아마도 두려움이 공존했을 첫 시집을 진심으로 축하하면서 박기관 시인에게 프랑스 작가 스탕달의 '살고 쓰고 사랑하라'라는 말을 전하고 싶다.

그에게서 새봄 희망의 아침 햇살이 결코 멈추지 않기를...

2024년 3월에

목차

제1부

유년의 동진강

3월에

달려가 보자
새싹 돋아나는 봄 속으로

붉은 동백이 아무리 아름다워도
이미 벚꽃망울이 터졌지 않은가

두 겆줄에 웅크렸던 저 새도
두 날개 활짝 펴고 날지 않는가

북극 서리 온몸으로 안은 반달도
온 별빛 가득 담은 보름달로 차지 않겠나

저 만개하는 꽃을
저 비상하는 새를
저 차오르는 달을

보라
얼마나 눈부시고 찬란하냐
우리 다 잊어 버리고

달려가 보자
꽃 피우는 봄 속으로

고향

그해 새날은
내 어머니의 포근한 체온이
아랫목에 머물러 있었고

그해 새날은
내 아버지의 따스한 미소가
마당뜰에 가득하였다

햇살 스며든 새 아침
모두 모여 둥글게 앉아
웃음꽃 피울 때
토방에 덩달아 핀 빨알간 동백꽃

오십 평 남짓한 마당에
수없이 찍혀 있을 발자욱들
숱한 나날 목이 메이셨을 내 어머니
숱한 나날 가슴에 안으셨을 내 아버지

대문 밖 흔드는 손짓
차창 밖으로 뵌 눈웃음
언제 다시 볼 수 있을까

이젠 가야 할 길이 없어
온종일 서성이며
만나고 싶은 보고픔에
눈물만 지운다

남도의 길

남도의 새벽 풀빛은
지독히 푸르다
가느다란 허리에
한들거리는 한줄기
코스모스가
가는 곳을 묻는다
어디를 가는 것이냐

네가 가는 곳이 여기에 있으니
오늘은 니체도 죽고
짜라투스트라도 죽었다
가는 곳이
네가 가는 곳이
이곳에 머무는 것을
어디를 가는 것이냐

벽시계

똑딱 똑딱
똑딱 똑딱
내 유년의
시골집 안방에
자리잡고
울었던

아버지는
이 벽시계를
언젠가 마루에
내걸었다

아버지의
오랜 부재 동안에도
언제나
똑딱 똑딱
스치는 가을 바람에도
여전히 똑딱 똑딱

유년의 기차역

텅 빈 간이역 플랫폼
멀리서 들려오는
기적소리는 동경과 꿈이었다

이 터널만 지날 수 있다면
이 곳만 벗어날 수 있다면
이 공간만 탈출할 수 있다면

기대, 도전, 기회, 희망이
내뿜는 뿌연 연기로
하늘로 날아 올랐다

시간이 바람처럼
세월이 강물처럼
어디 이유 없이 불고 흘렀으랴

지금 반백의 나이에
여기 낯선 타향의 기차역에 서 있다
어디서 왔고, 어디로 가는 것인가

그 길

길 위에
하이얀 눈이 내린다
펑펑 내리는 눈에

사랑도 묻고
이별도 묻고
세월도 묻고

오직
그리움만을
간직한 채

보이지 않아도
애절한 사연을
품고

가야만 하는
그 길이 있다

만나고 싶은 사람

어느 봄날
향긋한 바람이 스쳐가듯
잠시 머물다 가더라도
이런 사람을 만나고 싶다

처음 만나도 편안하고
내 말이 세련되지 않아도
귀 기울이고 눈이 반짝이는

기분이 우울할 때
새로움의 용기를 건네고
좋은 기운이 되어 주는

영원한 사랑으로 표현하지 않고
영원한 이별로 표현하지도 않은
변함없이 응원해 주는

늘 마음의 창을 열어 놓고
멀리 있어도 가까이 있으며
진솔하고 담대하면서도 부드러운

눈을 지그시 감으면 생각나는
그리움이 그리움으로 포개지고
사랑하고도 더 사랑하고 싶은
이런 사람을 만나고 싶다

동진강

깊어 가는 가을
한들거리는
코스모스길 따라
억새 슬피우는
동진강을 가 보아라

녹두장군의 땀과 피가
실핏줄 같은 물줄기에
씻기어 내려가는 소리가
들리지 않느냐

지리산 품에 안기어
여름 내내 목젖이 말랐던
섬진강 너머로 흐르는 그 여울
저 무등산 저녁놀에
핏빛 물결이 너울대는
동진강을 가 보아라

네 아비의 아비가
네 어미의 어미가
묻힌 유골 흙이 되어
스민 이 강물에
사계절 내내 동서남북으로
소리죽여 흐르는
동진강을 가 보아라

기억하라
어디 네가 이곳을 외면한다고
외면할 수 있는가를
어디 네가 이 깊은 밤
물살소리가 들리지 않는다고
들을 수 없는지를

여정

아침 이슬에
목을 축이고
잠시
머물다 가는
짧은 여정

낮이 기울면
밤이 오고
다시
새벽이 오면

뿌리고
거두며
한줌 흙으로
돌아서 눕는
짧은 여정

고향 시골집

시골집에 가을이 깊어가면
앞마당 우뚝 선 은행잎이
우수수 떨어져 나뒹굴었고

유난히 크게만 느껴졌던 가옥,
찬바람에 옷깃을 따라 살갗으로
후벼 들어와 가슴을 적시고 달아났다

파란 대문을 들어서면 반갑게
꼬리를 흔들며 맞이하던 강아지
툇마루를 뛰어 오를 만큼 정이 깊었고

방문을 열고 들어서면 엄마가
끓여주신 펄펄 끓던 콩나물국
투가리 한 그릇을 다 비웠지

따끈한 아랫목 이불속으로 들어서면
가을의 외로움과 그리움도 다 잊혀지고
맑고 밝은 별빛따라 긴 꿈속으로 떠났다

섬진강 황어

푸른 봄날
녹색의 향연은
너무 짧았다
작열했던 태양
한낮의 소나기도
그친 지 오래

어느새 땅거미 내려앉아
석양의 붉은 노을
서산 넘어간 지도 오래다

이 깊은 가을
노오란 국화 곁에서
새 생명이 꿈틀거린다

세대를 잇기 위해
역류를 거슬러 오르는
섬진강 황어야

너는 알고 있겠지
그 본능에 숨겨진
짧디 짧은 인연을

너는 아파하고 있겠지
밤 깊으면 아롱아롱 맺힐
시리고 아린 사연을

탁주 한 사발

낮 동안 당당했던 산자락에서
어스름한 석양 노을을 등지고
산 그림자가 어슬렁 내려오고 있다

간사한 가랑비가 톡 어깨를 건드려
헤질대로 헤어진 우산을 들고
가로수를 지나 거리로 나섰고

아직도 14분이나 기다려야 하니
정거장 의자에 맥없이 걸터앉아
거무스름하고 휑한 하늘을 올려다 본다

전봇대에 웅크려 앉아 있는
작은 새의 골 깊은 날갯죽지가
백발 아버지의 굽어가는 허리와 같고

어느덧 가부장이 되고 꼰대가 되어버린
나는, 낯선 초로의 세월에 덧씌움을 당한 채
앙상한 쇠골로 무거운 짐을 어떻게 질까

비가 내리는 사거리 골목길 선술집
다시 분장을 하고 웃음을 팔아버린 채
탁주 한 사발에 하루를 삼켜버렸다

내 유년의 정오

어느덧 시간은
강물처럼
굽이 흐르고

어느덧 인생은
달빛처럼
황혼에 기울어

여기 서서
뒤돌아 본
내 유년의 정오

짧았으되 길었고
얕았으되 깊었으니
다시 오지 않을

내 젊은 혼백이여

탐욕의 자화상

때늦은 비가 세차게 내린다
탐욕스런 소유의 아가리에
콸콸 넘치도록 쏟아붓고 있다

빈 폐부에 물이 가득 차올라
숨이 턱턱 막힐 때까지
영혼을 팔아버린 빈 대가리 속을
휘휘 젓고 있는 것이다

비에 젖은 비루한 외투
앙상한 뼈를 드러낸 채
사지마저 찢겨 나간
발가벗은 처참한 굴종의 육신

아! 우르르 쾅쾅
타버린 오만의 잔해
그을린 편견의 상흔도
깨끗이 지울 수 있도록
퍼붓고 씻어내야 한다

그리운 어머니

새싹이 돋아
풀이 자라고
꽃망울을 터뜨렸습니다
동백꽃은 너무 붉어 싫다던
당신의 이팝나무도 너울거립니다

저에게 밤새 꾹꾹 눌러
쓰고 부치셨다던 아침편지가
사흘이 지나고
여드레가 넘었는데도 아직
도착하지 않고 있습니다

속절없이 봄날의 석양은 기울고
천상의 별빛만 총총히 떠 있는
깊은 산맥 골짜기에서
간절히 부르면 돌아온다던
메아리도 잊힌 지 오래입니다

저 산과 들 너머로
바람 한점 불어 올 날
꿈속에서라도 그리운 당신의 모습을
보고 싶습니다

아니
단 1분 만이라도
꿈속에서 당신의 깊은 마음속 향기에
머물다 가고 싶습니다

장마

온 여름밤을 지새우며
줄기차게 흐르는 눈물이
그칠 줄 모르는 것은
얼마나 그리움이 깊었던 것일까

세월도 흐르고 흘러서
여기까지 왔는데
넘치도록 너울대는
섬진강의 몸부림에
가슴이 아리고 아리다

언젠가 그 언젠가는
바람이 찾아들고
구름마저 그치게 되면
눈물도 마르고
똘똘 뭉쳐 있던
짧디 짧은 여름밤
상흔의 아픔도
아물게 되겠지

가을밤 달빛

달빛이 차다
어둠이 깊어갈수록
스치는 바람 사이로
이리 저리 흔들리는 억새

밤새
뜬눈으로 지새우고
다시 떠오를

깊은 가을밤의
달빛은 차다
깊어갈수록
그렇게 달빛은 차다

편지

이토록 푸르른 날엔
이토록 눈부신 날엔

편지를 쓰고 싶다
연필이 없을지라도
지그시 눈을 감고
가슴에 꾹꾹 눌러
새기고 싶다

이 좋은 날
바람이 일고 부는 게
아무런 이유가 없지 않겠지

창공에 날갯짓
하기에 버거워
그리움마저 두고 가겠지만

이토록 푸르른 날엔
이토록 푸르른 날엔
편지를 띄우고 싶다

눈송이처럼

하이얀 눈송이처럼
펄펄 날아가고 싶다
머물지 말고
움츠러들지 말고
눈송이처럼 펄펄 날아
그대 가슴에 폭 안기고 싶다

언제나
환한 미소 머금고
늘 따스했던 그 품으로
하이얀 눈송이처럼
펄펄 날아가고 싶다

새해

해가 지고 날이 새면
또 새해가 온다
새해는 우리 모두
따스하게 맞이할 일이다

엄동설한 얼음장 아래에도
물고기가 꿈틀거리고
새싹이 움트는 나무 곁눈에도
파릇한 생명이 고동치듯

새해에는
우리 다 함께
희망을 가슴에 품고
내일을 향해 나아갈 일이다

달빛 고백

휘영청 떠 있는 달빛 아래
장독대 위 정하수 물은 꽁꽁 얼어
고드름 되어 흘러내렸네

흔들리는 촛불을 언 손으로 감싸고
기도했던 영혼의 흔적도
자취를 감추어 버렸다

그 순간 누군가는
모른척하며
따스한 방바닥에
등을 지지고 있었다

늘 드러내지 않았고
은은하면서 강력하게 살다가 갔다
그래서
남은 자의 삶은 부끄러운 것이다

봄

우리가 꽃이다
혹한의 들녘 바람을
온몸으로 안고 온 시간

기나긴 세월
가슴 깊이 품었던
격동의 새싹이 돋아 피었다

봄바람이 스치거든
너와 내가 희망이고
우리가 꽃이다

유월

아! 유월이여
살며시 다가오는
초록 풀잎 내음

연둣빛 물방울
가슴 적시고
스쳐간 라일락

새벽 뻐꾸기
둥지 날아간
비상의 기억

아! 유월이여
사랑하는 대로
바람 부는 대로

삶의 미로

하얀 벚꽃이
환하게 웃을 때
살포시 고개를
드러낸 그대여

새 아침 햇살에
영롱한 이슬이
말라버리면
긴 태양 아래
힘겨울지 몰라

그래도
모든 걸 내어주고
다시 어둠이 내리면
새벽 발자국 소리가
들려올 거야

흙과 함께 하는
네 생명
소중함과 겸손함과
감사함

삶
그리고 죽음의
진리를 가르쳐 주는
너

영롱한
아침 이슬과
함께 마주하는
그대여

긴 태양과 함께
힘겨울지 몰라
삶의 여정을

별빛 동행

오솔길 따라가는 길
실개천 따라오는 길
봄바람에 휘날리던
초연한 새싹처럼

바람이 머무는 길
파도가 일렁이는 길
가을바람에 나부끼던
의연한 들꽃처럼

나와 함께 가는 길
너와 함께 오는 길
우리 사랑 처음처럼
아직 끝나지 않았으니

석양이 저물어
밤이 깊어지면
저 북극 별빛처럼
끝없이 좇아 빛나리

첫눈

저 눈처럼
설레임을 주었으면
저 눈처럼
반가움을 주었으면

저 눈처럼
행복함을 주었으면
저 눈처럼
편안함을 주었으면

저 눈처럼
늘 변함없이
추억을 간직하고
그리움을 남겼으면

저 눈처럼
늘 처음처럼
펄펄 자유로움을 가졌으면

형의 환갑還甲날

아! 형이 환갑이란다

굽이굽이 이어온 삶의 여정
처절한 광음光陰이다
누이는 벌써 고희古稀를 지났고
나도 내일모레면 환갑이다
환장하게 갑갑하다

불쑥 나이만 먹었다는
엄마의 깊은 한숨 소리가
가장 빛나는 행성으로
탈출하는 굉음轟音이 되어
가슴으로 밀려오고 있다

이륙하면 어디로 갈 것인가
착륙하면 어디에 머물 것인가
돌아오는 길이
환장하게 갑갑한
형의 환갑還甲날이었다

제2부

귤비와 엄마 생각

엄마

맨 처음
세상의 열림을 알려준
울음소리를 가르쳐준
존재의 가치를 깨닫게 해준
사람이 여자인 엄마다

적멸 속의 운명이 아닌
사랑한 후 자유를 알게 해 주고
곡선이 아닌 직선만을 고집한
사람이 바로 여자인 엄마다

네가 수백 번을 불러도 모자랄
네가 수천 번을 써도 모자랄
네가 수만 번을 절해도 모자랄
그 숭고한 여자가 네 엄마다

너를 처음 안아 본
그 환희에 찬 얼굴이
세상의 무거운 짐 앞에
사랑의 상흔마저 발가벗겨진 채
앙상한 몸뚱아리로 남아있는 여자

이 무정하고 야속한 세상에
험난한 여정 끝내고
말없이 돌아서서
관용과 해탈을 가르쳐 준
위대한 여자가
바로 엄마이다

엄마의 속곳

엄마가 돌아가셨다

사흘 뒤에
숨겨진 장롱
우수수 쏟아지는
꽃무늬 새 속곳
새하얀 내의가
입춘 눈보라로 흩날린다

뒤뜰로 가져가
모두 다 쏴 질러버렸다
불꽃이 하늘로 치솟아
내려앉은 핏빛 눈꽃
모두 다 불타버려라
다 쏴 질러버려
영혼까지 다 타버려라

내 엄마의
마지막 꽃무늬 팬티
그 핏빛 어우러진 내 탯줄
그 가여운 울음이여

엄마가 돌아오셨다

목련꽃

낯선 길에서
마주한
하얀 목련꽃

긴 목덜미
아래로
뻗어오른

힘찬 기운이
너에게로
향한다

굴비와 엄마 생각

아침 밥상에
굴비 한 마리가 올라 앉았다
굴비와 눈이 맞자
울컥 심장으로 뻗치는 기운이

창밖으로 쏟아져
내리는 하얀 눈으로 변해
하늘로 솟구쳐 훨훨 오른다

그해 그날도
굴비 대가리를
먼저 잡으시고 하시는 말씀
'생선은 대가리가 제맛이지'

세월의 길을 걷다가
다시 붉은 노을을 만나면
당신 가슴의 젖내가
굴비 비린내로 묻힌
사연을 물어보리

봄비 내린 벚꽃

내내 품고 있던
희망의 꽃망울을 틔우고
잠시 머물다 간 하얀 그림자

봄비 젖은 앙상한 가지 위에
내려앉은
내 젊은 날의 초상

바람에 휘날리는 벚꽃
내 만남의 설레임으로
네 이별의 아픔으로
그리고 우리의 깊은 사랑으로

더 늦기 전에
다시 네 곁으로 다가갈
잠시 머물다 갈 하얀 그리움

비와 운명

비가 내린다
저 가느다란 빗줄기
사이로 헤쳐가면

비가 내린다
저 기다란 빗줄기를
따라 올라가면

그곳엔
누가 기다리고 있을까
흘러서 마르는 운명

슬픈 귀가

열정 가득한 날엔
열차를 타고 가 보자
유년의 기적 소리가 들리지 않겠는가

그리움이 쌓이는 날엔
열차를 타고 가 보자
창밖의 바람 소리가 들리지 않겠는가

울컥 목이 메이면
간이역을 지나 종착역에서
불러보고 싶은 사람이 왜 없겠는가

보름달

휘영청 떠오르면
불러보고 싶은
이

휘영청 기울면
보고싶은
얼굴

다시 비추는 날
묻어두는
가슴에

휘영청
차고
기울던 흔적

한여름 담배가게 할머니

불같이 뜨거웠던 유년의 한여름
그 용광로 속에서
이글거리던 신열

구불거리던 자갈밭 신작로가 펼쳐진
푸르게 익어가는
사과밭의 농염

뜨거운 동진강 물빛이 출렁이고
석양에 잔잔한
어둠이 내리면

야속한 세월만 머금은 골목길 뒤로
여리고 예쁜
처녀의 꿈을 묻어버린

세평 남짓한 담배가게 앞에서
졸고 있는
쭈구렁 할머니

작년 여름
뼈 빠지게 욕봐서 수확한
고추 세 자루를 팔아
도망간 아들놈

야간열차 기적소리 들리는
한여름 밤
졸고 있는 쭈구렁 할머니

바람산 코스모스

길가에 홀로 핀
코스모스
누구를 기다릴까

홀로 있어도
바람이 있어
외롭지 않은 꽃

이른 가을
그리움이 가득하여
먼저 붉게 물든

못다한 사랑의
아쉬움이
어디 너 뿐이랴

할머니

새벽 열차
옆 좌석에 앉은
초로의 할머니

낡은 보따리 두 개를 움켜쥔
주름지고 헤진 손목에
새파란 힘줄이 튀어 올랐다

어디에서 어디로
가는 것일까
창밖의 단풍이 물들고

언젠가 돌아올
새벽 기차에서
다시 만날지도 모를 할머니

덕수궁 돌담길

떨어진 낙엽이
허공을 맴돌다
길섶으로 사뿐히
내려앉았다

이 가을
빈 광장에
초연한 음의 선율이
가슴에 강물 되어 출렁이고

세월의 늪을 가로질러
담장 넘어 부는 바람
덕수궁 돌담길은
아련한 그리움이다

도시의 아침

동트기 전
밀려오는 찬 공기
분주한 발걸음
깨어 있는 새벽이다

지하철 내로
기나긴 파도
밀물과 썰물
척.척 연병대가 지나간다

햇살이 광장에 머물고
마스크에 가려진
초롱초롱한 눈동자들
생동감 넘치는
도시의 아침이다

새로운 길

가을 낙엽이 떨어지면
가고 싶은 길이 있다

아무도 오르지 않은 길
누구도 가지 않은 길

그곳엔 오랜 세월동안
홀로
깊이 피고 지고

벼랑에 온몸을 바치고
바위틈에 비틀어 버티고

우뚝 서서 토해내는
초연한 장송 가지의 떨림

화려한 꽃이 피면
가고 싶은 새길이 있다

어느 가을에

그해 가을이었나보다
유난히 가을바람은 싸늘했고
아버지가 사철의 외투를 벗고
홀연히 떠나버린 쓸쓸한
가을이었다

황량한 들판에
홀로 남겨진 유년의 가을
작은 가슴속에
너무도 빨리 와버린 겨울바람이
사선으로 비껴간
가을이었다

이제 다시 밤새
하얀 눈이 내리고
내 가슴에도 소복이 추억으로
쌓여 앉아 있을 문밖으로
누군가 누군가 두드릴 기다림의
가을이었다

환승과 종착

뜻하지 않고
나서는 길을
가려 하니

환승

뜻하지 않게
경유하여
돌아가려 하니

종착

이촌역에서

입춘을 지나
하이얀 눈이
하늘을 난다

천년 고을의
뒤안길에
지켜 서 있던

석곽 아래
두 마리 석양이
거울못에 비껴 있다

세월

바람이
휘이익 휙…

언젠가
엄마가 말씀하셨지
'세월이
바람처럼 간다'고

그땐 미처 몰랐어
무슨 의미인지를…

휘이익
휙!
바람처럼 세월 간다는 것을

인사동 거리에서

내 청춘시간이 멈춘 곳
울고
웃고
낭만이 고스란히
막걸리 한잔에
흐르던 추억

어느덧
반백이 되어
여기 홀로 서 있다
나는 어디에서 왔고
어디로 가는 것이더냐

심장은
아직도
펄펄 끓는데
그 누구 없소
나는 아직 여기 있는데

우면산 다녀오는 길

긴 겨울을 지나
새 터전을 마련하고
우면산에 올랐다

촉촉한 대지 위
삐죽이 내민
새 생명의 움틈

내려오는 길에
희망 한 주머니를 담아
아파트 한켠
파릇한 새싹에게 슬쩍
안겨주었네

라디오와 커피

봄비가 촉촉이 내리고 있다
창밖에 나뭇가지가 흔들리고
무엇을 말하려는지 몰라도
새로운 소리를 내고 있다

봄비가 대지를 적시고 있다
잠시 피웠던 꽃도 거두고
무엇을 들으려 하는지 몰라도
새로운 새싹을 잉태하고 있다

아버지가 주신
창가의 낡은 라디오
주파수 89.5khz를 맞추면
흘러나오는 클래식의 선율

모닝커피의 그윽한 향기가
지난 30년의 세월을 담아
무엇을 기억하려는지 몰라도
봄비가 가슴을 적시고 있다

해야

적막을 깨고
솟구쳐 오르는 해야

영롱한 아침 이슬을
머금은 풀잎이 오르고

기러기 양팔 벌려 힘찬 기지개
종달새와 참새가 어우려져
4중주

다정한 두 쌍의 천둥오리
목을 물에 담궈 세수하고

하얀 목련 피고
노오란 개나리도 피면
벚나무 꽃봉우리가
터질 준비를 하는 계절

가슴을 활짝 펴고
저 푸른 창공을 향해
새처럼 해처럼
날자 날아보자

그리운 이에게

봄바람이 살랑살랑
겨우내 잠자던 나무 흔들어
가지마다 잎트고 꽃피우는 날들

섬진강 푸른 물 가득 머금은
비탈진 언덕배기
널부러진 노란 개나리 속으로
아지랑이 몽실몽실 피어나면

생명이 움트는 정취에 취해
철모른 벚나무 아래 누워
뭉게구름 세어보는
달래와 냉이의 파릇한 침묵

기다리지 않아도
애써 기다리지 않아도
분홍빛 철쭉과 하얀 매화는
어김없이 소리 없이
돌아와 따스하게 안기는데

지리산 넘어
동진강 가로 질러
신작로 길목으로 마중을 나가도
볼 수 없는 그대여
아! 다시 오지 않을 그대여

황량한 황톳길
아직 기다리고 있음은
흐드러지게 핀 벚꽃 들녘에
가슴 깊게 시린
봄의 석양 노을빛 담은
동백꽃보다 붉은 이유다

기억 속으로

날이 가고 있다
펄펄 휘날리는 눈처럼
한때는 자유롭고 싶었고
한때는 머물고 싶었던 날이
기억 속으로
날아가고 있다

외딴 도시 골목길에 서면
지나온 덧없는 추억의 파편들
하늘과 땅이 뿌옇게 닿은
겨울바람의 노래와 시가
추억 속으로
날아가고 있다

언젠가 저 눈처럼
목줄기를 타지 않고도
기다림으로 울고
한때는 자유롭게
한때는 머물고 싶을
그날이 가고 있다

새싹, 자유의 에로스

기나긴 동면 사이로
비껴가는 시간들에서
존재를 일깨우는
태동의 신비함

밝음과 어둠 사이로
비껴가는 추억들에서
당위를 일깨우는
부활의 신비함

앎과 무지 사이로
비껴가는 기억들에서
희망을 일깨우는
생명의 신비함

이른 봄날
마른 나뭇가지에
돋아나 뻗어 오르는
아! 파릇한 자유의 에로스여

제3부

연주암 가는 길

하이얀 목련

수줍은 그대 모습에
반해버린 내 마음
어쩌나
하얀 속살을 보았으니

그대 순백의 입술에
나는 사랑에 빠졌네
어쩌나
들켜버린 내 모습

오월

아! 이 눈부신 날을
어찌해야 하나요

저 푸른 하늘이
내린 하이얀 성찬 위에
빨갛게 불타는 꽃들

저 펼쳐진 녹음이
이 가슴을 파랗게
적셔 가고 있어요

가을이 오면
다시 불타고 적셔도
내 가슴은 뛰고 있을 겁니다

아! 이토록 눈부신 날을
어찌해야 하나요

아침 풍경

베란다에 심은
상추가 싱그럽게 자라고
고추에는 하이얀 꽃이 피었다

목이 길어
귀여운 이름을 가진
기린 꽃도 발그스레 피었다

그 옆에 다소곳이 자리한
토마토 방울 하나가
초록의 싱그러움을 뽐내고 있다

신록의 계절 오월
눈이 부시게 빛나는 아침
한평 남짓한 공간에서

감사와 축복을
평화와 희망을
가슴으로 듬뿍 안고 있다

청춘

장미가 붉게 물들면
그리우면 그립다고

아카시아꽃 향기가 퍼지면
보고 싶으면 보고 싶다고

담장 너머 라일락이 피면
첫사랑이었다고 말하리

젊은 날은 가버렸고
새벽이슬 머금은 억새는 누워

한낮 이글거리던 태양 아래
낙조는 힘없이 호수에 가라앉았다

비상

거꾸로 누워
하늘을 본다

더 맑고
더 푸르니

움츠린 날개
활짝 펴고

창공을 마음껏
날아보자

어느 비 오는 날

비가 내리는 날이면
텅 빈 운동장에 서고 싶다

한번쯤 아무 말도 하지 않고
내리는 비를 흠뻑 맞은 채

삶의 이완과 여백을
맛보고 싶다

연주암 가는 길

세월이 시공간을 가른다

양재천을 따라 과천에 이르면
관악산으로 향하는
연주대길섶
흐르는 계곡물처럼
청춘과 낭만은 흘러갔고

고요한 암자에 이르면
마음의 빗장을 열고
삶의 여백을 찾는
길이 보인다

오르고 내리는 산길
바위틈을 흐르는 암수
노래하는 산새
가파른 언덕비탈에 홀로
뿌리내린 소나무

그곳에 이르면
세상의 온갖 독소를 비워내고
뒤돌아 볼 수 있는 시간 속에
성찰과 정제를, 겸손과 감사를
그리고 연대와 사랑을...

자연으로 돌아가면
자유를 찾아 비상할
길이 보인다
세월이 시공간을 가른다

내 사라

비 오는 저녁 길
보고 싶은 사라

사라는 빗물에
여윈 몸을 던졌다

우리 다시 만나면
가고 온 길 묻지 않고

깊은 사랑은
가슴에 묻어두는 것

밤새 눈 내리는 길
보고 싶은 사라

비가 내리면

비가 내리면
보고 싶은 사람이 있다

하늘과 땅을 잇닿아
내리는 비를 보면

내 가슴에 다가오는
그리운 얼굴이 있다

비가 내리면
뒤돌아 보지 않고

한 마리 새가 되어
훨훨 날아가고 싶다던

보고 싶은 사람이 있다
비가 내리면

여명

한 여름 백주에
폭우를 쏟아내고 있다

벌거벗은 대지
씻겨나간 상흔

묵은 감정이 일렁이고
새 상념이 출렁거린다

언제까지 너와 네 존재를
흘려보내야 하나

강물이 흘러 바다로
향하는 것은

수많은 별을 헤며
어둠을 뚫고 기다리는

여명의 약속일 것이다

인연因緣의 길

아침이 다가오면
영롱한 이슬이 맺히고
새가 노래할 것이며
꽃이 피고 질 것이오

어둠이 다가오면
산 그림자 드리우고
애잔한 억새가 바람에
울고 지다 잠이 들 것이오

저 언덕 넘어서면
만날 수 있을지 모르나
어디 흐르는 강물이
이유 없이 바다로 가리

두 길을 한 길로
한 길을 두 길로
누가 가게 했을지 모르나
이유 없이 걷게 하지는 않았을 것이오

가을 속으로

그해 가을
벌건 저녁 노을 등지고
플랫폼에 서서
흔들던 손은 이미 사라졌다

기차가 어둠을 헤치고
궤도를 이탈하여
멀고 먼 은하수로 가면
다시 만날 수 있을까

쉬지 않고 달려가 보면
흐릿해 질 줄만 알았던
묵은 그리움이
유령처럼 솟구쳐 일렁이고

낯선 도시를 떠난 열차가
철로를 따라 다시 돌아오면
박제된 기억 속을 더듬어
희미한 빛줄기 속을 부유한다

그해 가을
스산한 바람 등지고
플랫폼에 서성이던 그대는
어둠을 가르는 별이 되어 있을까

공중전화 앞에서

노오란 은행잎이 떨어져
길섶으로 나뒹굴고 있다

싸늘한 가을바람에
낡은 공중전화 박스가 기대어 있다

전화를 걸 이가 없다
전화 벨소리가 끊겼다

목소리 하나만으로
내 움츠린 어깨를 다독여 줄
전화 목소리가 없다

새벽 열차

동이 트는 새벽녘
새벽 열차는 은하수
가득 싣고 우주 속으로 달린다

저 펼쳐진 지평선
새벽 열차는 꿈을
가득 싣고 세상 속으로 달린다

저 드넓은 광야에서
새벽 열차는 희망을
가득 싣고 가슴 속으로 달린다

얼굴

눈이 펑펑 내리는 날이면
보고 싶은 얼굴이 있다

이별이 아쉬워
허공을 한참이나 맴돌다가
추락하는 몸짓이 아니어도
사무치는 그리움을 가슴에 안고
목이 터지도록 불러보고 싶다

켜켜이 쌓인 사랑이
한줌 눈처럼 녹아 내려도
눈이 펑펑 내리는 날이면
한참이고 울어보고 싶은 것이다

춘천행 기차

저문 만큼 깊어지는 저녁
돌아갈 수 있다는 것은
생의 평온함이 찾아온다는 것이다

양평 가평 청평을 지나
작년에도 몇 달 전에도 심란한
마음속으로 질주했던 무심한 바퀴

두 눈을 부릅 부라리고
소리마저 목구멍으로
삼켜버린 평내 호평 경유 열차여

저문 만큼 깊어지는 저녁
돌아갈 수 있다는 것은
침묵의 노래를 부를 수 있다는 것이다

서울역에서

저 삶 속에
어떤 사연이 있을까
저 삶 속에는
어떤 비밀이 숨겨 있을까

세차게 내리는 빗속으로
초월적인 유물이 되어
그을린 상흔을 흘려보낼 자여

바람이 잦아들면
네 영혼도 누울 것이니
그만 거두어라
이 생의 사랑을

들풀과 들꽃의 시간

바람에 흔들려도
들풀이 나부끼도록
내버려 두어라

바람에 흔들려도
들꽃이 쓰러지도록
내버려 두어라

새롭게
일어나 마주하는 것은
바람의 속도만큼
서로의 시간을 관통한 것이다

춘몽

겨울 내내
바싹마른 초롱새야
이제 움츠렸던
날개를 펴고
아지랑이 일렁이는
저 봄속으로 가자

그곳엔
언제나 따스한
햇살이 반기고
새롭게 돋아나는 새싹이
너를 안겨줄 거야

이제
산수유 피고 나니
노오란 개나리 피고
개나리 피고 나면
하얀 목련이 함박 웃을 때
우리 다시 만나리

새로운 날
다시 또 만나리
어느 봄날
그 꿈길에서

어떤 약국에서

아파요
약 좀 주세요
무슨 약이요

아프지 않은 약
만병통치약
여기 있어요

마음만 먹으면
언제든 낫는 약
무슨 약이요

만약...
'만약' 좀 주세요

제4부

저문 강에서

초상 肖像

스산한 겨울바람이
가슴을 후비고 지나간다

그리움이 차고 넘쳐
달리는 차창 밖으로
울음을 실컷 토해냈다

긴 밤 퍼붓던 눈이
그을린 상처를 어루만지고
흩어져 다시 하늘에 오르면

우주를 누비는 행성이
초롱초롱 빛을 쏘고 있다

산소에서

밥은 먹었냐?
머리 좀 잘라야겠다
네...네.

아버지!
이곳은 포근하네요
엄마!
이것 좀 보세요
새싹이 돋아났어요

그래
잎새 사이로
희망의 꽃을 틔우고 있구나

아무 걱정 말아라
건강해야 해
다 잘 될 거야

또 올게요

들녘의 봄

겨우내 욕망에 사로잡혀
읽지도 보지도 못하고
시도 메마른 땅에 죽어 있었다

저 들녘 만발한 하얀 벚꽃 아래
소복이 솟아난 냉이 한 포기도
내 발에 밟힐까 두렵다

이제서야 오늘에서야
파아란 하늘이 보이고
지저귀는 새 울음을 듣는다

어느 봄날에

오늘은
하늘이 너무 맑습니다

실개천 따라
청둥오리가 모여들고
초록빛 버드나무 아래
할미꽃도 돌아왔습니다

갑자기 왈칵
눈물이 납니다
만개한 벚꽃 고갯길에서
목 놓아 울어 버렸습니다

화무십일홍,
저미는 슬픔이 아닙니다
다시 돌아올 봄날에도
돌아오지 않을
그리운 당신 때문입니다

오늘은
하늘이 너무 눈부십니다

저문 강에서

삶에 열중한 당신아

꼭두새벽 배달을 하는 당신
나는 열차 타고 약이나 팔고

삶이 사랑인 줄 모른 채
점점 더 앙상하게 야위어갔다

저문 강까지 돌아오던 우리
입춘에서 동지까지 행복했다

남들은 잘 못살았다고 하지만,
우린 삶에 고개 처박고 열심히 살았다

낙화

봄비에 날아가 버렸다
톡 톡 떨어져
촉촉이 젖은 대지 위로
무너져 내려앉았다

아침 이슬이
물안개 되어 지구를 넘어
가장 빛나는 행성을 쫓아
훨훨 날갯짓하며 날아갔다

어딘가에 어느 쯤인가
일곱색깔 무지개로
피우기 위해 오는 것이 아니라
열매를 맺기 위해 올 것이다

연달래

피고 지고 흩날릴 때
허공 가득 안고
바위 틈에 핀 연달래

꽃이라면
사랑이라면
이 정도는 돼야지

떨어져서도
피어오르는
연달래만큼은 돼야지

서울의 밤

당신도
이 고독한 도심의
창밖을 볼듯하여 묻노니
우리 사랑하고 있는가

저 기울어진 달빛
물결 따라 흘러가는 곳
바람이 숲이 흔들리는 곳인가

어둠을 헤치고 여는 여명이
아프게 피어오르는
물안개 그리움을 밀어낼 때면

당신도
희망이 가득한
눈부신 창공을 볼듯하여 묻노니

우리 정녕 사랑하고 있는 것인가

탈상脫喪

1
이승에서
같이 했던 인연因緣
고이 묻어 두었던 정情을
이젠 내려놓을 겁니다

숱한 밤을 지새우며
불러보았지만 대답이
없으셨으니
이젠 내려놓을 겁니다

고이고이 간직했던
빛바랜 당신의 사진도
헤진 지갑에서
이젠 내려놓을 겁니다

2

저승에서 만나시거든
왜 그렇게 불러도
그리 대답이 없으셨냐고
투정부리고 목 놓아 울 겁니다

다시 만나거든
해맑은 당신의 얼굴
따스한 당신의 가슴
편안한 당신의 무릎
살포시 기대어
꿀잠을 잘 겁니다

곧 만나요
그때 못다 한 사랑
억만년 동안 이루어
다시는 정말 다시는
내려놓지 않을 만큼

잘 가세요

부안 동태

눈탱이가 너무 애처로운
그 생선을 맞이하는 날이 있었지
어머니는 서해안 부안인가 줄포인가에서
온 것이라 했다

술 드시고 오신 날이면
대문 박차고 토방 마룻바닥에 걸터앉아
벌겋게 달아오른 초승달 향한 아버지의 노래가
스산한 가을 밤바람에 애달피 울고 지나갔다

날이 새면 어머니는
조선무시 넣어 끓인 뽀얀 국물로
속을 푸셨던 아버지를 밤새 생각하시고,
새벽부터 부엌 아궁이 틈새로 슬금슬금 스며들었던
구수한 냄새가 펄펄 끓는 물속을 지나 어린 내 가슴을
한바탕 휘젓고 지나갔다

이 다음에 아버지가 되면
거나하게 술이나 한번 마셔볼까...
철없는 생각을 하는 사이 내 유년의 마당에
폭설이 내릴 때면 슬픈 동태의 눈은 그윽이 젖었고
다시 마른 날이면 어김없이 봄은 오고 있었다

달력은 어느새
어머니의 기일을 지나
아버지의 기일이 가까이 다가오고 있었다

소망탑에서

소망탑이 하늘로 향한다
내 소망을 소망탑에 두고
돌아서면
소망탑이 간직한 소망을
오히려 소망으로 돌려 보낸다

아무도 모르는 것 같은 소망
서로 포개져 탑을 이루고
돌아서면
소망탑에 새겨진 소망을
마음 가득 담겨 와 있다

절정의 외침

하늘로
쏘아 올린 배설

솟구친 줄기가
꿈틀거리다
정상에 잇닿아
쏟아져 내린다

절정의 외마디 외침
아!
시승이자 하락인
꼭짓점

태초太初 이래
절정은
슬픈 것이다

꽃 하나

내 꽃
활짝 피어난
꽃 하나

멀리 있어도
향기 내음이
가슴 한켠에
머물러 있는

네 꽃
변함없이 핀
꽃 하나

하늘

오늘 하루는
하늘을 바라보자

먼 하늘이 아닌
가까이 있는 하늘을

한번쯤은 하늘을 보자
푸른 눈을 가진 저 하늘을

보고 싶으면 보고 싶은 만큼
아리고 아픈 마음도 다독이고

깊은 바다에 있는 그리운
저 하늘을 한번쯤은 바라보자

바라보다 깊게 빠져버려
육신과 정신을 놓쳐도 좋으니

오늘 하루만큼은
하늘을 바라보자

내 누이

유월이 오기도 전에
장미꽃이 활짝 피었다
돋아난 가시의 세월에
온몸이 붉게 물든 것일까

사시사철 늘 그 자리에
유월이 오면 핀 흰 사철꽃이
깊고 고운 내 누이처럼
바람결에 흔들리고 있다

다시 오는 유월
다시는 오지 않을 오월에도
붉은 장미 곁에
내내 피어 있을 흰 사철꽃

임종

한 생명의 심장박동 소리를
가슴으로 담을 수 없을 만큼
들어 본 적이 있었던가

그 꺼져가는 그 심장박동 소리를
가슴으로 품을 수 없을 만큼
들어 본 적이 있었던가 말이다

해가 질 때면
붉은 눈시울이 하늘을 적시고
강물이 굽이쳐 한없이 바다로 흘러가며
보름달이 별빛처럼 내내 왜 울고 있는지를

시간이 흐르고서야
세월이 지나고서야
나는 깨닫게 되었다

한 생명의 심장박동 소리가
내 심장으로 잇닿는 그 찰나의 순간
언젠가 다시 느껴 볼 그 소리를
나는 이제서야 듣게 되었다

시인의 독백

노쇠한 시인은 죽었다
그토록 사랑했던 여인에게도
한마디 말도 남기지 않고
말없이 떠나 버린 것이다

작별의 손짓이라도 남기지 않고
침묵 속에 사라져 버린 날
하루 온종일 내리는 빗줄기에
내려앉은 고독의 눈물이
메마른 대지를 적시고 있다

끓어오르는 노쇠한 시인의
작은 가슴에 늦은 봄비가 세차게
후려치고 있다
이 밤거리를 수없이 다녀갔을
걸음걸음이 다시 오지 못할 거리로

다시 만날 수 있다는 막연한 기대로
그렇게 말없이 소풍을 마치고 가는 것이다
결국 이 어둠 속을 뚫고 가다가
다시 한줄기 빛으로 향하는 광야에 서서
노쇠한 시인은 죽었다

유월이 오면

유월이 오면
열차를 타고 그곳으로
달려갈 것이다
가슴에 꿈이 가득했던 곳으로

성황산이 파란 엽록색으로 물들면
뻐꾸기 울음이 아침을 열고
백평 남짓 마당 뜰에 따스한 햇살이
내내 내려앉는 곳

고즈넉이 자리한 우물가 한켠에
곱게 핀 접시꽃 사이로 흰 나비
날갯짓이 여름을 재촉하고 있었던 곳

풍성한 플라타너스 곁에
늘어진 덩쿨 사이로 푸른 청포도가
알알이 익어가고 있었던 곳으로

유월이 오면
열차를 타고 그곳으로
달려갈 것이다
가슴에 사랑이 가득한 곳으로

국향사에서

한번은 꼭
보고 싶은 사찰이었습니다

자작나무 숲을 지난 길은
당신의 삶처럼
여전히 굽어 있습니다

대웅전을 가로지른 오솔길
패랭이꽃이
섧고 애달프게 피었습니다
사랑이 지는 것일까요
추억의 자리는 적막하기만 합니다

사찰의 풍경소리가
바람처럼 울어대면
한껏 펼쳐보세요
여기 새소리와 함께
당신에게 편지를 부칩니다

사월의 도시

어둠이 내리면
썰물처럼 밀려오는 도시의 심연
하루 온종일 목 내밀고
연분홍 볼을 붉힌 자태가
일렁이는 파도에 밀려갔다

밤이 깊으면 깊을수록
꽃은 화사하게 만개할수록
왈칵 허물어지는 육신이
처연한 숙명의 비애로 남았다

다시 바람 부는 봄날이 오면
언젠가 발갛게 멍든 가슴 안고
가슴 속 깊이 불타오른 사랑처럼
침묵 속에서도 끝끝내 꽃피우리다

텃밭의 일상

영롱한 아침 이슬
마주하는 기쁨을
안겨주는 그대여

긴 태양 아래
세평 남짓한
돌담 아래서
힘겨울 줄 모를
짧은 여정

뿌린대로 거두는
작은 진리를
가르쳐 주고
아낌없이 주고
돌아서 눕는
겸손과 감사함을
일깨워주는
그대여
흙으로 돌아가는
가벼움마저도
사랑하는 그대여

동행

밀물
들어옴
썰물
나감

네가 가고
내가 오고
우리가 가고 오고

석양의 노을
그림자 드리워져
기다릴 날

함께 가자

기억—세월호를 기억하며

잊혀진 바다를 잇는
외로운 섬에 꽃이 피었다
버려진 들녘에도 꽃이 피었다

지우려 하면 할수록
하얀 목련이 고개를 불쑥 내밀고
잊으려 하면 할수록
홍매화의 핏빛이 영롱하다

소중한 이가 사랑하는 이로
보고 싶은 이가 그리운 이로
다시 기억하고 싶은 이로 변한
잔인한 4월에
눈물 배인 편지만
깃발 되어 펄럭이고 있다

벚꽃 흩날리는 날
아우성과 침묵이
선명하게 찍힌
텅 빈 광장에서
남은 자들은
다시 또다시
용서를 구하고 있다

만남

화창한 봄날
오늘은
누군가 만나고 싶다

보고 싶은 사람이면 더욱 좋고
깊은 대화가 아니더라도
마주하는 것만으로도 행복한
그런 만남이었으면 좋겠다

오늘은
좀 좋은 날이었으면 좋겠다
큰 기쁨이 아니더라도
느낌으로 알아서
서로 반갑게 맞이해 줄 수 있는
그런 사람과 만나고 싶다

눈부신 봄날
오늘은
누군가를 만나고 싶다

제5부

협재 마을에서 부치는 편지

비양도 1

눈을 뜨면
어둠 속을 성큼성큼 질러오는
한 희망의 발자국 소리
사람과 사람을 잇는 섬

고개를 들면
깊은 밤 쏟아지는 별빛 헤는
한 파도가 삼킨 아련한 그리움
시간과 시간을 잇는 섬

가슴을 열면
파란 바다의 쪽빛 물살이
넘실거리며 다가서는 인연
공간과 공간을 잇는 섬

사람, 시간, 공간이 어울려
사랑의 여울로 유유히 흐르는
내내 변하지 않는 섬

오늘도
수평선 넘어 네게로 가고 있다

비양도 2

저무는 석양 놀이 붉게 번지고
밤안개 내리는 작은 섬에서
그렁한 눈으로 밤하늘을 보면
하얗게 흩어진 백설이 휘날리네

아. 내 손이 잇닿지 못하여
샛말간 가슴팍으로 밀려오는
그리움이 파도 되어 가슴에 출렁인다

오늘도
출항한 배는 긴 호흡 머금고
깊은 바다에 누워
한숨을 토해낸다

협재 포구에서

해가 저물고 있다
노을이 바다를 넘어
어둠을 던질 즈음

소주 한 병을 들고
고래고래 외치는
시대의 탕아야

오늘은 어디에 가서
깽판을 치나
모두 돌아간 지금

빈 소주병과
담배꽁초만 남아
외롭게 지키고 있다

해거름 마을에서

저녁노을 지고
땅거미 내려앉은
포구에 좌판을 깔고
앉아 있는 수척한 여인네야

희망의 한판 얼마예요?
그 희망 한판 말입니다

희망요?
ᄌᆞ들지 말앙 쌉서(근심, 걱정하지 말고 살아요)

비양도 3

사랑한 자여 그대 가보아라
사랑해 본 자여 그대 가보아라
사랑에 빠져 본 자여 그대 가보아라

아린 추억을 두고
여기 내린 그 형벌刑罰을 담아
솟구쳐 오른 고독한 섬을

만남을 이루어 본 자여 그대 가보아라
이별을 가져본 본 자여 그대 가보아라
슬픔에 울어 본 자여 그대 가보아라

여기 사랑을 가슴에 묻고
너무 그리워 온몸으로 안아
솟구쳐 오른 염원의 분화구噴火口를

시커멓게 타 버린
열정의 오름에
내 입맞춤의 기억을 두고
망각으로 그대 지울 때까지
다시는

여기에 오지 않으리라
다시는
여기에 두 발을 밟지 않으리라
내 젊은 사랑의 격정激情이여!

어부의 일상

밤새 부릅뜬 눈
파도에 찢긴 상처 보듬고
성큼성큼 질러오며
역류를 거스르는 시위
여긴 어제의 기다림

이른 새벽 여명에
해거름 골목 돌아서면
헤진 상처 안고
모여든 삶의 아우성
여긴 오늘의 굴복

잠시 머문 자리
썰물처럼 밀려나고
머물고 간 사람들의
힘찬 팔뚝질
여긴 내일의 희망

봄 2

기다려 본 사람은 안다
늘 그 자리에서
오는 사람들 너머로
흐드러지게 핀 꽃을

떠나보내는 사람은 안다
늘 그 자리에서
가는 사람들의 아래로
흩어져 나뒹구는 꽃잎을

늘
거기까지이다
우리가 머무는 곳은
가고 오는 봄이 있는
그곳

바람

바람이었다
겨우내 울던
그 대나무 소리

솔잎 향기 머물다
연둣빛 초롱박에
스쳐간 바람이었다

꽃 한송이
두고 갈 수 없는
편지 한 장
두고 갈 수 없는

뼛속 깊은
그리움으로
겹겹이 사무치는
빈자리에 부는
그것은 바람이었다

유월의 달빛

초여름 문턱에서
창가 너머로
고개를 삐죽이 내민
새하얀 얼굴

그리움에 쌓인
애달픈 사연이
겹겹이 쌓여
산산히 빛을 발하나

깊어가는 어둠에서도
불러야 한다
잊혀지지 않기 위해서는
밤을 지새워
울어야 한다

새봄

오고야 말 것이다

저렇게 힘들고
그렇게 지치고
이렇게 더디게
올지라도
잠시 머물러 있었을 뿐
오고야 말 것이다

겨우내 삭풍을 안아
맨 몸둥아리로
품어낸 새싹이 돋아나고

아직도 꽁꽁 얼어붙은
얼음장 아래로
차디찬 강물이 흐를지라도
하얀 속살을 드러내며
은빛 은어가 춤을 추나니

오고야 말 것이다
우리 가슴에
뜨거운 체온으로
안아서 풀어내야 할

눈부신 아침을
온몸으로 맞이할
그날이
오고야 말 것이다

옥천사 가는 길

한 여인으로서
쉼이 있는 하루였을까
언젠가 손을 잡고
힘겹게 찾은 이곳에서
두손 모으고
관음전 저곳 연등을 응시하며
얼마나 많은 위로와 희망의 메시지를 얻었을까

과연
미래의 부처가 찾아온다던
도솔천궁의 강한 믿음이었을까
오늘 어둠이 짙게 깔리면
내일 또다시 새벽이 오고
붉은 태양이 다시 떠오르듯
그 여인에게는
언제나 새로운 희망과 시작의
강한 믿음이 있었던 것일 게다

이제 여기에
나 홀로 서 있지만
늘 그 자리에
꾸밈없이 단아하면서
꼿꼿하게 같이하고 있다

삶과 죽음이 교차하는
이곳 암자에서
불가 범종의 울림이 가르고
세속의 다툼과 탐욕으로 가득찬
저 아래 환한 도시의 불빛이
그것을 묻고 있다

왜 삶을 살고 있는가
어떻게 삶을 살아야 하는가
옥천사 싯달타는 말씀이 없다

새해 2

철 지난
철새가
두만강 건너
물어온
새 소식을 전한다

남한강
물빛에 비춰진
새 글이 거꾸로
선명하다

강.건
망.희
복.축

면봉이

새로운 식구
생소하고 낯선
면봉이가 들어왔다
천천히 내 가슴에
불쑥 쳐들어 온
면봉이

말하지 않고 침묵 속에
눈으로만 말하는
면봉이
아침 이슬처럼
영롱한 눈방울로 마음을 전하는
면봉이

가슴속에 켜켜이 쌓아둔
이야기를 들어주는
면봉이

어느새 눈으로만 말하는
면봉이가 참 좋다

---

*면봉이: 시인의 강아지로, 하얀 털을 지닌 비숑이다.

섬의 군락

여기에 한 섬이 있다
희망도
절망도
기쁨도
슬픔도
모두 안은 한 섬

여기에 한 섬이 있다
명예도
권력도
오욕도
금전도
모두 버린 한 섬

여기 한 섬이 있다
오름도
바람도
파도도
꽃도
새도
모두 품은 한 섬

여기에 작은 섬들을
가득 담고 있는
한 섬이 있다

오월의 그림자

머물고 싶은 시간이었습니다
따스한 등에 업혀
펄펄 뛸 것만 같은 발자국이
제 심장으로 요동친 날을

어디까지 왔니?
어디까지 왔니?
물었을 때
대문까지 왔지 대답한 날을

세상은
온통 연둣빛입니다
하늘의 노을빛은
작별이라 싫다던 당신

어디만큼 왔냐고 물어도
아무런 대답도 없이
자꾸 따라오기만 하는 그림자
머물고 싶은 시간이었습니다

박기관의 시 세계
이복수 박사(전 강원수필문학회 회장)

生의 根源性에 대한 천착이 이끄는 도저到底한 긍정의 美學

1

박기관 시인의 詩 세계를 평하기에 앞서 먼저 '詩란 무엇인가'에 대해 생각한다. 시가 무엇인가에 대한 담론에 앞서 한번쯤 맞닥뜨리는 화두는, '사람들은 왜 글을 쓸까' 라는 점이다. 아마도 그 까닭은 조지훈 교수가 말했듯 '인간은 누구나 자신의 가슴속에 생각의 싹'을 키우고 있기 때문이라 여겨진다.

시인에게 있어 그 생각의 싹은 언제부터 움트기 시작했던가. 아마도 그 시원始原은 고향과 어머니에 대한 한없는 그리움에서부터 비롯된 것이 아닌가 생각한다. 왜냐면 한 사람의 생애에서 어머니야말로 그의 심혼心魂에 결정적인 자양분이 되어주기 때문이다.

따라서 작가의 작품들은 그가 살아온 삶과 무관하지 않다. 우리는 작품을 통해 작가의 정신적인 배경과 그의 삶에 대한 철학과 사상을 엿볼 수 있다. 그의 진솔한 내면을 들여다 볼 수 있으며, 작가가 살아온 시대 상황과 고뇌 그리고 삶의 모습과 태도까지도 작품을 통해 알 수 있다. 그런 연유로 독자들 또한 좋은 작품을 대하면 마치 자신이 직접 글 속의 화자인 듯한 감정이입과 공감에 빠지게 되고 이러한 과정을 통해 치유의 시간을 공유하게 된다.

박기관 시인은 "상처없는 영혼이 어디 있으랴."는 A. 랭보의 말을 인용하며, '나의 詩들은 내 상처의 산물'이라고 고백한다. 고향 〈동진강〉이 그렇고, 〈어머니〉와 〈섬진강 황어〉가 그렇다.

시인은 끊임없이 존재에 대한 근원적 물음을 던진다. 존재의 근원적 문제를 천착穿鑿하고 있는 까닭에 그의 시에는 생이 시작되고 또한 삶이 있었던 시간들에 대한 통절한 그리움이 살아있다. 현재의 생명성에 대한 앙양昂揚이 근원에 대한 강한 통찰로 나타나고 있으며, 이는 生의 도저到底한 긍정성과 포용성으로 발현됨으로써 삶에 대한 인식과 온전한 지각이 갖가지 아름답고 애절한 꽃을 피워내고 있다 하겠다.

2

먼저, 박기관 시인 자신의 전 생애를 지배하고 있는 작품, 〈동진강〉을 살펴보기로 한다. 시인은 말한다.

"〈동진강〉은 내 유년의 고향에서 유유히 흐르고 있던 강이다. 이 강에서 나는 유년의 행복한 사계절을 보냈다. 하지만 사춘기를 지나, 이 강에서 시대의 슬픔에 전율할 수밖에 없었다. 말없이 흐르는 강에서 '격차'와 '불의'에 출렁이는 분노를 삭일 수밖에 없었다."

시인은 석양에 비친 붉은 강을 보면서, 질곡의 세월로 점철되고 굴절된 역사와 아직도 아물지 않은 상흔을 他者가 아닌 自我에서 찾아야 한다고 외친다.

깊어가는 가을/ 한들거리는/ 코스모스길 따라/ 억새 슬피우는/ 동진강을 가 보아라// 녹두장군의 땀과 피가/ 실핏줄 같은 물줄기에/ 씻기어 내려가는 소리가/ 들리지 않느냐// 지리산 품에 안기어/ 여름 내내 목젖이 말랐던/ 섬진강 너머로 흐르는 그 여울/ 저 무등산 저녁놀에/ 핏빛 물결이 너울대는/ 동진강을 가 보아라// 네 아비의 아비가/ 네 어미의 어미가/ 묻힌 유골 흙이 되어/ 스민 이 강물에/ 사계절 내내 동서남북으로/ 소리죽여 흐르는/ 동진강을 가 보아라// 기억하라/ 어디 네가 이곳을 외면한다고/ 외면할 수 있는가를/ 어디 네가 이 깊은 밤/ 물살소리가 들리지 않는다고/ 들을 수 없는지를

—〈동진강〉 전문

동진강에 대한 유년 시절의 기억이 거대한 역사의 물줄기를 이미지화하는데 많은 부분 기여하고 있음직한 이 작품에서 박 시인은 거듭 '동진강을 가 보아라'고 호소한다. 동진강이 왜 흐르고 있는지조차 알지 못하는, 아니 알려고도 하지 않는 인식의 부재에 대한 시인의 통절한 외침이다. 이는 과거에 대한 올바른 성찰 없이 진정 오늘의 삶을 귀하고 값지게 살아갈 수 없다는 박기관 시인의 인식론적 존재의식을 보여주는 수작이라 생각되어진다.

이런 맥락에서 박 시인은 단지 개인의 서정성에 머무는 것이 아니라 집단으로서의 삶이 있는 역사성의 내화, 곧 우리의 삶이 있게 한 시간이면서 또 나의 존재가 가능하도록 한 근원성을 심도있게 의미화하고 있다.

그것은 〈엄마〉에서도 두드러지게 나타난다. 보통 '엄마'는 따뜻한 기억으로 그 사랑의 손길을 오래도록 기억하고 싶은 가장 개인적인 부분이다. 하지만 박기관의 시 〈엄마〉는 '여자'로 대표되고 있는 '사람'이다. 어머니에 대한 절절한 그리움이라는 가장 개인적인 정서가 '일반화'와 '역사화'되어 있다.

세상 모든 이들에게 있어 어머니를 향한 그리움은 끝이 없다. 그것은 무엇으로도 설명할 수 없는 영원한 아픔인지 모른다. 서정주 시인은 말한다. '네 꿈의 마지막 한 겹 홑이불은 영혼과 그리고 어머니 뿐이다' 라고. 이중삼 시인은 '내 자라 어른 되걸랑은 천년만년 어머니와 행복하게 살겠다던 골백번 언약이 왜 그리 낯이선지, 길은 석양을 짊어지고 가슴 북치는데 어머니는 저 먼 눈빛으로 하늘 끝만 보입니다' 라고 통곡한다.

박기관 시인은 〈엄마〉에서 이렇게 말한다.

"〈엄마〉는 이 세상에 태어나, 처음이자 마지막으로 인연과 사랑 그리고 그리움을 안겨준 여자이기에 한없이 불러보고 싶었다. 누구에게나 깊은 사랑으로 자리하고 있겠지만, 내 자신에게는 지금도 가슴 사무치도록 그리운 첫사랑의 여자다. 얼마나 사랑이 깊었으면, 한마디 말도 하지 않고 꾹꾹 가슴에 눌러 안은 채 홀연히 떠나버리셨을까. 따스한 볕이 깊게 스며드는 '그 봄날'에 다시 만날 수 있을 것이라는 막연한 기다림으로 살아가고 있다." 라고 통렬한 심정을 토로한다.

맨 처음/ 세상의 열림을 알려준/ 울음소리를 가르쳐 준/ 존재의 가치를 깨닫게 해준/ 사람이 여자인 엄마다// 적멸 속의 운명이 아닌/ 사랑한 후 자유를 알게 해 주고/ 곡선이 아닌 직선만을 고집한/ 사람이 바로 여자인 엄마다// 네가 수백 번을 불러도 모자랄/ 네가 수천 번을 써도 모자랄/ 네가 수만 번을 절해도 모자랄/ 그 숭고한 여자가 네 엄마다// 너를 처음 안아본/ 그 환희에 찬 얼굴이/ 세상의 무거운 짐 앞에/ 사랑의 상흔마저 발가벗겨진 채/ 앙상한 몸둥아리로 남아있는 여자// 이 무정하고 야속한 세상에/ 험난한 여정 끝내고/ 말없이 돌아서서/ 관용과 해탈을 가르쳐 준/ 위대한 여자가/ 바로 엄마이다

—〈엄마〉 전문

〈섬진강 황어〉에서도 강력한 생명성의 선언이 있다. 이제 자신의 목숨을 놓아 새로운 세대의 생명을 낳아야 하는 섬진강 황어가 독자들의 가슴을 애틋하도록 저리게 한다. 〈섬진강 황어〉는 소중한 친구의 죽음을 메타포화 한 작품으로 시인은 이렇게 술회한다.

“갑작스럽게 찾아온 친구의 죽음은 멀게만 느껴졌던 죽음이 사실은 가까이에 있음을 자각시켜 주었다. 아름다움과 기쁨을 사랑하는 것은 누구나 할 수 있다. 하지만 사람의 아픔과 슬픔을 사랑하는 것은 아무나 할 수 없는 것이다. 나는 한때 친구의 아픔과 슬픔을 외면해 버렸다.”

그래서 박기관은 친구에게 많은 빚을 지고 있다고 고백한다.

푸른 봄날/ 녹색의 향연은/ 너무 짧았다/ 작열했던 태양/ 한낮의 소나기도/ 그친지 오래// 어느새 땅거미 내려앉아/ 서양의 붉은 노을/ 서산 넘어간 지도 오래다// 이 깊은 가을/ 노오란 국화 곁에서/ 새 생명이 꿈틀거린다// 세대를 잇기 위해/ 역류를 거슬러 오르는/ 섬진강 황어야// 너는 알고 있겠지/ 그 본능에 숨겨진/ 짧디 짧은 인연을// 너는 아파하고 있겠지/ 밤 깊으면 아롱아롱 맺힐/ 시리고 아린 사연을

―〈섬진강 황어〉 전문

자연과 우주에 대한 무한한 생명성의 긍정이 이렇듯, 자연과 인간을 가슴 뜨겁게 노래하도록 시인을 부추기고 있는 것은 무엇일까. 오래된 〈고향〉과 〈고향 시골집〉, 〈벽시계〉는 우리에게서 사라져가는 소중한 것들에 대한 안타까움과 회한이 생명성의 회복을 바라는 그의 시 속에 녹아들고 있다.

그해 새날은/ 내 어머니의 포근한 체온이/ 아랫목에 머물러 있었고// 그해 새날은/ 내 아버지의 따스한 미소가/ 마당뜰에 가득하였다// 햇살 스며든 새 아침/ 모두 모여 둥글게 앉아/ 웃음꽃 피울 때/ 토방에 덩달아 핀 빠알간 동백꽃// 오십평 남짓한 마당에/ 수없이 찍혀 있을 발자욱들/ 숱한 나날 목이 메이셨을 내 어머니/ 숱한 나날 가슴에 안으셨을 내 아버지// 대문 밖 흔드는 손짓/ 차창 밖으로 뵌 눈웃음/ 언제 다시 볼 수 있을까// 이젠 가야 할 길이 없어/ 온종일 서성이며/ 만나고 싶은 보고픔에/ 눈물만 지운다

―〈고향〉 전문

똑딱 똑딱/ 똑딱 똑딱/ 내 유년의/시골집 안방에/ 자리잡고/ 울었던// 아버지는/ 이 벽시계를/ 언젠가 마루에/ 내 걸었다// 아버지의/ 오랜 부재 동안에도/ 언제나/ 똑딱 똑딱/ 스치는 가을바람에도/ 여전히 똑딱 똑딱

—〈벽시계〉 전문

박기관 시인이 앞으로의 시 작업에서 생명성의 철학적 형상화라는 이 독특한 그 만의 시 세계를 어떻게 형성해 갈지 자못 궁금해진다.

3

무엇보다도 박기관 시인의 작품에 흐르는 시적 테마는, 유년의 고향 동진강과 어머니에 대한 가이없는 그리움과 짙은 회한이다. 인간은 언제나 본질적인 존재로서 자유로울 수가 없으며, 박 시인 또한 예외일 수 없다. 인간의 존재의식은 공통적인 문제의식으로서, 그는 장 폴 사르트르가 말한 '실존實存이 본질에 선행한다' 는 명제처럼 현존재로서의 실존적 삶을 구가하는데 주저함이 없고 진솔하다.

이런 맥락에서 박기관의 詩는 자칫 그냥 지나칠 수 있는 일상의 체험과 생각들을 허투루 흘러보내지 않고 일관되게 삶의 의미를 묻고 천착하는 진지한 사유와 성찰의 방식을 견지하고 있다. 유년의 동진강에서 보낸 아린 기억과 어머니에 대한 회상과 회한은 그의 시적 세계의 근원적 모티브가 된다. 나아가 그의 시에서 드러나는 작가 정신은 사물에 대한 깊은 통찰과 포

용력에 있으며, 이 세계의 지평과 내적 자아를 향한 끊임없는 사유의 자유의지와 맞닿아 있다 하겠다.

오랫동안 아물지 않은 상처의 슬픔과 내면의 깊은 철학적 사유로 빚어낸 박기관 시인의 시는, 그래서 더욱 독자들에게 가슴 시리도록 슬픈 에스프리에 젖게 하는 묘한 마력을 지니고 있다.

시인의 고향 '동진강'과 '고향 시골집'은 이제는 돌아갈 수 없는 곳이다. 고향은 〈토마스 울프〉의 고백처럼 '이제 다시는 갈 수 없는' 마음속 영혼의 텃밭이다. 그러나 시인에게 있어 고립되고 단절된 그 고향은 이제 더 광활하고 유려한 시적 세계에서 부활의 판타지를 맞게 될 것이다. 시를 쓰는 작업은 자기를 찾아가는 자기화의 과정에 이르는 고독한 길이라 할 수 있을 것이다.

이 시집 발간을 통해 아직도 주소가 없어 부치지 못하고 있다는 시인의 빛바랜 어머니의 편지가 부디 저 하늘에 가 닿기를 진심으로 바란다. 또한, 학자로서 이 세계와 존재의 근원에 대한 심오한 통찰을 통해 더 넉넉하고 단디한 시어들이 우리 곁으로 다가오리라 기대된다.

박기관 시인의 작품 행간마다 일관되게 유지되는 것은 인간과 사물, 특히 어머니와 고향에 대한 따뜻한 시선과 영원한 그리움이다. 이에 더하여 일상적인 체험 속에서 겪는 삶의 의미들을 탐색하고 천착하려는 노력을 기울이고 있다. 행간마다 읽혀지는 시인의 휴머니티에 박수를 보내며 생애 첫 시집 발간을 진심으로 축하드린다.

글쓰기는 '神이 주신 축복'이다. 그러나 그 축복의 뒤안길은 '피를 찍어 쓰는' 형극의 가시밭길이라는 사실을 상기하면서, 앞으로 더 넓고 더 깊은 시적 휴머니티의 세계를 구축하여 좋은 시인이 되기를 기원해 마지 않는다.

시인 박기관(朴起觀)

박기관 시인은 「현대계간문학(2017)」 〈동진강〉으로 신인 문학상을 수상하며 등단했다.

현재 상지대학교에서 행정학을 가르치고 있다. 대학교수로서 여러 공공기관과 기업체에 초청받아 강연하던 중, 강연에서 공개한 자작시가 좋은 반응을 얻어 시집을 출간하기에 이르렀다. 그의 전공과목이 주는 딱딱한 느낌과는 달리, 박기관의 시는 부드러운 색채로 가득하다. 그가 세상을 향해 내뿜는 시어는 읽는 이의 마음에 따뜻한 울림을 주고 그리운 감성을 깨운다.

주요 저서로는 『지방의회도 인사청문회를 한다(2023)』, 『문화행정의 이해(2015)』, 『한국지방정치행정론(2015)』 등이 있다.

엄마 그리고 유년의 동진강

초판발행 2024년 5월 3일

지은이 박기관
펴낸이 노 현

편 집 소다인
기획/마케팅 박세기
표지디자인 Ben Story
제 작 고철민·조영환

펴낸곳 ㈜ 피와이메이트
서울특별시 금천구 가산디지털2로 53, 210호
(가산동, 한라시그마밸리)
등록 2014. 2. 12. 제2018-000080호
전 화 02)733-6771
f a x 02)736-4818
e-mail pys@pybook.co.kr
homepage www.pybook.co.kr
ISBN 979-11-6519-961-6 03810

정 가 12,000원